中小学生必备宝典（上）

英子　著

台海出版社

图书在版编目（ＣＩＰ）数据

中小学生必备宝典：全2册 / 英子著. -- 北京：
台海出版社，2016.8
（英子教育丛书）
ISBN 978-7-5168-1111-5

Ⅰ. ①中… Ⅱ. ①英… Ⅲ. ①中小学生 - 学习方法
Ⅳ. ①G632.46

中国版本图书馆CIP数据核字(2016)第199741号

中小学生必备宝典（上）

| 著　　者：英子 |
| 责任编辑：俞滟荣 |
| 版式设计：深圳时代新韵传媒　　　　　　责任印刷：蔡旭 |

出版发行：台海出版社

地　　址：北京市朝阳区劲松南路1号　　　邮政编码：100021

电　　话：010-64041652（发行，邮购）

传　　真：010-84045799（总编室）

网　　址：www.taimeng.org.cn/thcbs/default.htm

E－mail：thcbs@126.com

经　　销：全国各地新华书店

印　　刷：深圳市源昌盛彩色印刷有限公司

本书如有破损、缺页、装订错误，请与本社联系调换

开　　本：787mm×1092mm　　　1/32

字　　数：160千字　　　　　　　印　　张：10

版　　次：2016年8月第1版　　　印　　次：2016年8月第1次印刷

书　　号：ISBN 978–7–5168–1111–5

定　　价：99.80 元

在人生旅途上和孩子一道成长

（代序）禹明

我是在一次企业家的聚会上偶遇英子的，初次见面，印象并不深。后来，她兼任了深圳市常德商会深圳名师联谊会副秘书长，我们便有了更多的交流机会：谈旅游，谈教育，谈写作，谈人生。有一天，她送来十来本书稿给我阅读，着实让我吃了一惊。她对教育的理解，对写作的痴情，似乎与她的年龄不匹配。于是，我认真读她的文稿，琢磨和她的对话，慢慢地，她的形象清晰起来。

英子出生在山清水秀的湘北小镇，我当年曾经下放到那里生活工作过一段时间，那里的村民给我留下了深刻的印象：他们善良，富有同情心；他们坚毅，不向命运低头。而在英子身上，我更加确切地看到了这样的基因。英子从小身体不好，患有心脏病。但她没有失去对梦想的追求。她对生活的酷爱，对写作的痴情，使她笔耕不辍，几百万字的作品畅畅流出。难能可贵的是，她不把自己封闭在书斋里，而是走进学校和社会，与家长、师生、广大读者做阅读分享。至今她已举行了 200 多场"英子读书分享会"。她热心做慈善事业，为灾区学生捐书，做公益写作辅导；走访陕南留守儿童，在广东、贵州、湖南等地资助了 160 多名贫困学生。她用自己的行动诠释什么是"爱"。

英子告诉我，她的"英子教育丛书"即将付梓，希望我写点什么。我该写点什么呢？慢慢翻读"英子教育丛书"的清样，波澜不惊的故事和并不奢华的语句给我们诸多教育启示，其中最令人深思的是三点：

第一，"家长和孩子共成长"。英子曾说过，这是她的教育理念之一。我非常赞成她的观点。家庭是孩子的第一学校，家长是孩子的第一位老师。我从事教育40多年，接触家长无数，不少家长认为教育是学校的事，孩子的成长全靠老师。这种教育观显然是错误的。英子用自己的实践告诉我们，她是怎样成为孩子的朋友，和孩子共成长的。

第二，"在旅行中学习，在生活中学习"。英子教育孩子的方法中，最重要的一点就是她和孩子一道走世界，让孩子接触大世界、大自然。今天的孩子在学校里有足够的时间学习书本知识，但没有一点时间去亲近大自然，这是不利于孩子成长的。当然，并非每个家庭都有经济实力让孩子走世界，但让孩子尽早地认识自然和社会，对孩子的成长非常有益。

第三，"读万卷书"。英子重视通过"行万里路"来学习，同时更重视阅读，即"读万卷书"。我们整个社会对阅读的重视远低于许多其他国家，我们的孩子没有养成良好的阅读习惯，因此阅读能力不高。对此学校有责，家长也有责。英子提出的"亲近母语，喜欢阅读，热爱写作"，无疑值得读者仿效。

英子所做的读书分享会一直受到家长和孩子们的欢迎，我想，这套丛书的出版也一定会受到家长和孩子们的喜爱。我更期待，再过一些年，英子写出更多更深刻的关于教育感悟的书，更期望她写孩子们喜欢读的故事，成为一个儿童文学作家。

2016 年 8 月 8 日 于深圳南山

（禹明：特级教师，政府特殊津贴专家，教育部课程资源专家委员会委员，教育部"国培计划"专家，教育部义务教育课程标准审议专家，深圳大学师范学院兼职教授，教育硕士导师，深圳市南山区教育局关工委常务副主任）

前　言

　　"英子教育丛书"一套2本:《中小学生必备宝典》(上)、《中小学生必备宝典》(下)。"游学教育实录丛书"有3本:《游学欧洲教育实录》、《游学澳洲教育实录》、《游学美国教育实录》。

　　这两套书籍是我从事教育教研工作多年的积累。

　　《游学欧洲教育实录》、《游学澳洲教育实录》、《游学美国教育实录》这三本书源于我游学世界,走访多所大学、中小学、幼儿园和各类教育机构,通过大量采访留学生和家长,以讲故事的形式白描他们的生存状态和学习情况;以生动的实例解析世界各国的教育异同和优势劣势;用活泼的语言综合解读世界各国的教育制度和教育理念。

　　这三本书的每一辑大致分为七篇:我的游学故事;教育管理篇;大学教育篇;中学教育篇;小学教育篇;学龄前教育篇;自助游学攻略。

　　《中小学生必备宝典》(上)、(下)以我在深圳从事教育工作20年的经验、结合游学40多个国家和地区的阅历,是将理论运用在教育教学实践中、运用在陪伴儿子成长的过程中所总结出来的集趣味性、操作性于一体的指导性手册。

　　在《中小学生必备宝典》中,我从"养成良好的学习习惯;如何激发学生主动学习的兴趣；如何成为写作达人；数学其实是一门有趣的学科；学好英语有诀窍；同学之间：做一个受欢迎的小伙伴；师生相处：互相赏识，可以提高成绩；家长和老师：如何有效沟通；课余生活，怎么玩出名堂；坦然相对：性教育的那些事；家长学校：父母是最好的榜样"等 12 个方面，完整阐释了中小学生的心理特点、教育方法。

我很喜欢阅读，也很喜欢旅行，如何把自己的工作和业余爱好完美结合？

打开这一套"英子教育丛书"的扉页，我想和你倾心交谈：怎样才能把梦想和现实相结合？

凝神，想想……

我先说说自己的梦想吧。

我上小学三年级的时候，班上来了一位惊为天人的女老师——胡小玲老师。她就像"村里有个姑娘叫小芳……"歌曲里所唱的那样：清纯美丽、温柔善良、多才多艺。

她不仅仅教我语文，还教我音乐；不仅仅教我学知识，还教我弹奏脚踏风琴。

我是三年级才开始写作文的。清楚记得，我的第一篇作文《春游》，被胡老师在班级朗朗诵读。

那一刻开始，我爱上了写作，因为喜欢胡老师。也在那一刻，我有了第一个职业理想：做一个像胡老师一样会弹琴的语文老师。

年纪慢慢增长，视野逐渐开阔。我迷恋三毛，随着她的笔，在撒哈拉沙漠神游，在橄榄树下哼唱：

不要问我从哪里来，

我的故乡在远方。

为了天空飞翔的小鸟，

为了山间清流的小溪，

为了宽阔的草原，

流浪远方，流……浪……

我还迷恋杨二车娜姆，那个出生于泸沽湖母系氏族的女孩，在20世纪80年代，她柔软而有力地周游在各国大使馆，获得签证，自由行走在她想要到达的任何地方……

泸沽湖，是迄今为止依然留存的母系氏族地区，人类早期社会形态的活化石，是上帝保留下来的一方女人乐土。

在这样的时空背景下，杨二车娜姆《走出女儿国》，轰动世界之后，又《走回女儿国》。

她，做到了，我为什么不可以？

这三个女人，让我确定了我的梦想：

做一个语文老师，做一个会弹琴的语文老师，做一个游学世界的会弹琴的语文老师。

我问佛：

我的理想会实现吗？

佛说：

只要你愿意，神都会给你让路。

我坚持。

我做到了。

通过这一套"英子教育丛书"，如果可以让你开阔视野：

向往一所喜欢的学校；

期许与我重逢在某一处风景；

寻找属于自己的学习方法……

甚至，跟我一样，把职业与爱好相结合，让事业和玩耍两不误，多一份愉悦，多一些心安。

这套书我写得也值得了。

李斯有言：

泰山不让土壤，故能成其大；河海不择细流，故能就其深。

我和大家分享这一套"英子教育丛书"，不仅仅为了旅行而旅行、为了学习而学习，更是一种生活方式、生活态度，是一份活在当下、把握未来的情怀。

在游学世界和从事教育工作的过程中，我记录了自己所见所闻所感，于是诞生了这套"英子教育丛书"。书中所有游学记录，都来自亲身经历；我所有的教育经验，来自于教学实践。书中的那些人、那些教育经验，或许具有代表性，或者有些片面，但都是我的见闻和我的感受，供大家借鉴。

目 录

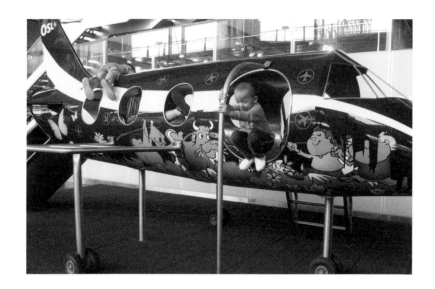

第一辑

养成良好的学习习惯是第一步

引 言

我国著名教育家叶圣陶先生说：什么是教育？简单一句话，就是要养成习惯。

德育就是要养成良好的行为习惯；

智育就是要养成良好的学习习惯；

体育就是要养成良好的锻炼身体的习惯。

中国古人言："行为形成习惯，习惯形成性格，性格决定命运。"

如何才能养成好的学习习惯？

多久才能内化成不需要家长和老师"唠叨"的持久学习习惯？

中小学生主要养成哪些学习习惯？

在第一辑"养成良好的学习习惯是第一步"里面，将找到这些问题的答案。

理论参考：
斯金纳的条件反射实验

很多同学因"人家的孩子"而受累。妈妈："你看，隔壁王叔叔的女儿，每天六点起床跑步，然后洗漱、上学。""你学学艺璇，她每天晚上学习到十二点。"

这些同学并没有爸爸妈妈唠唠叨叨，怎么就这么自觉地作息、运动、学习呢？

斯金纳认为：任何一个习惯，都是用强化的方式习得的，是一种操作条件反射。

斯金纳是美国著名心理学家，曾担任美国印第安大学、哈佛大学的教授，属于新行为主义者。他采用动物实验来研究"刺激——反应联结"的学习理论。

斯金纳于 20 世纪 50 年代进行了著名的操作条件反射实验。

实验目的：

研究被试者在刺激环境中学习如何利用某一种反应来达到某种目的。

实验过程：

斯金纳把一只饥饿的小白鼠放入一个小箱子，箱内有一个杠杆，按压到杠杆就会有食物落入箱子里面。

饥饿的小白鼠在箱子里四处窜。偶尔压到杠杆得到了食物。它继续窜，一次次压到杠杆反复得到食物之后，它逐渐学会主动按压杠杆获取食物。

这是一个条件反射的过程。

实验结论：

个体的偶然行为能否再次出现，取决于行为发生以后对个体产生了怎样的影响。如果得到了奖励，该行为出现的几率会增加。

实验应用：

斯金纳认为，在学习中，这种行为具有代表性。大多数的学习行为都是操作的。学习的过程就是操作的过程，操作行为可以通过强化来控制，从而塑造良好的学习习惯，提高学习效率。

这个实验主要为教师和家长培养学生的良好学习习惯提供理论依据。

对于学生良好的学习行为，家长和教师要予以肯定和鼓励，从而达到强化目的。让学生看到自己的进步，增强他主动学习的愿望。微笑、表扬等肯定性评价，能增加良好学习行为出现的频率。

专家有话说：
养成好习惯需要多久

无论家长、教师还是学生自己，都特别希望学生能够让好的学习习惯持久，不要依靠老师和父母的"唠叨"。让大家很纠结的是往往事与愿违，那么，养成一个习惯到底要多久？

说法一：21 天形成习惯？

克斯威尔·马尔茨是一名整形外科医生，他发现他的病人大约需要 21 天来习惯新脸孔，而截肢病人感受"幻肢"也需要 21 天后才能慢慢习惯。

有了这些发现，马尔茨开始观察自己对改变及新行为的调整期，发现他自己需要 21 天来养成一个新习惯。

1960 年，麦克斯威尔·马尔茨在其《心理控制术》一书中就表达了他对有关行为改变的想法："这些常见的现象显示一个旧'幻象'的消失及新形象的形成，大概最少需要 21 天。"

慢慢地，人们直接把他的话简化成今天我们常常说的"养成一个新习惯需要 21 天"。

说法二：18—254 天可以养成习惯？

伦敦心理学家菲利普斯丽丽做了一项研究，旨在找出一个习惯的养成到底需要多长时间，她们的研究发表在《欧洲社会心理学杂志》中。

她们对 96 位参与者的习惯进行了 12 周的调查。

参与者每人选择一个新习惯，持续时长 12 周。

参与者要报告每天是否坚持这个习惯，并报告行为自动化的程度。

有些人选择的习惯特别简单，如午餐喝瓶水。也有人选择比较难的任务，如晚餐前跑步 15 分钟。

12 周结束后，研究者分析数据得出了养成新习惯所需要的时间。

这项研究发现，养成一个新习惯所需时间范围在 18—254 天。换而言之，当你准备养成一个新习惯时，事实上需要 2 到 8 个月，而不是 21 天。养成一个习惯需要多久也受很多因素影响，如习惯的不同、人及环境的不同。

习惯的养成共分三阶段。

第一阶段的特征是"刻意、不自然"。这个阶段需要十分刻意地提醒自己去改变，觉得有些不自然，不舒服，需要认真参照书中的理论方法去做，克服这些情况。

第二个阶段的特征是"刻意、自然"。已经觉得比较自然，比较舒服了，但是一不留意，还会恢复到以前，因此，还需要刻意地提醒自己改变。

第三个阶段的特征是"不刻意、自然"。其实这就是习惯。这一阶段被称为"习惯性的稳定期"。一旦跨入这个阶段，就已经完成了自我改造，这个习惯已成为你生命中的一个有机的组成部分，它会自然而然地不停为你"效劳"。

不过呢，有几个很不错的新发现：

研究者还发现"在形成习惯的过程中，如果期间有一天、

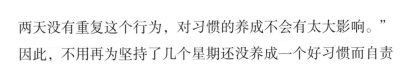

两天没有重复这个行为，对习惯的养成不会有太大影响。"因此，不用再为坚持了几个星期还没养成一个好习惯而自责啦。

第二，没必要一天都不敢错过。一两次的忘记对长期习惯的养成不会造成巨大影响。允许自己犯错，重要的是犯错后要找到方法让自己尽快回到正轨上。

第三，从一开始，我们就要为每一次小的进步而努力，不要想着一蹴而就。

到底是 18 天、21 天，还是 254 天才能养成一个习惯并没有那么重要。

想要养成一个习惯最重要的就是马上开始，坚持不懈，要把注意力放到对这件事的投入上面。

实例1：
制定科学合理的作息时间表

教师说：

中小学生的作息时间直接影响着学习质量，寒暑假期间，同学们的作息时间比较紊乱，开学以后生物钟很难适应。因此，聪明的父母都应该意识到这个问题，和孩子一起制定科学合理的作息时间表，让孩子尽快精神百倍地投入到学习中。

妈妈教子心得：

开学前的一天晚上，我和儿子一起讨论："你先想想，什么时间起床？什么时间睡觉？什么时间运动？"

儿子很高兴地和我商量起来："这个好说，那我每天还有上网的时间吗？"

"哈哈，你真是你网迷！可以啊，我们一起决定。还有看课外书、下棋都要安排合理的时间。"

我和儿子先把几件事情分清楚了，再来分配时间。比如，每天睡眠至少8小时，每天都要有运动、课外阅读等。

经过一个学期的持之以恒，儿子已经养成了到什么点做什么事的好习惯：

每天早上三件事：洗漱、运动、读英语。

每天晚上五件事：放学后要运动一会儿，晚餐后可以上网浏览一下。七点立即关掉电脑，上一下洗手间，开始学习。学习一个小时休息一会儿，吃点水果。完成学习任务即可自由活动了，如下棋、看课外书或者和爸爸妈妈聊天。每天晚上睡觉前都会和爸妈聊天，说说当天发生的事情。

儿子原本很热衷玩电脑，他的玩电脑时间固定以后，就能够按时自我约束了。平时，就算电脑是开着的，他也不会去玩。

刚开始，儿子不适应作息时间，比如有时候看课外书入迷，忘记睡觉了。就提醒他，要求他必须照章执行。养成了固定的作息时间，孩子不累，家长也不用唠叨。

爸爸教子心得：

我用了一个方法，就让儿子养成了午睡的好习惯。

儿子以前中午吃完饭，就看看书，玩一会儿玩具，再睡一会儿。因为我没有给他做什么规定，所以他中午很少休息，到了晚上学习的时候犯困。

我发现了问题以后，就和儿子谈话："以后，你吃完午饭不要再玩玩具看书，要直接睡觉。"

接下来的几天，儿子就不再玩玩具和看书，直接好好睡觉。

晚上回到家，我对他说："你不是很想去欢乐谷吗，如果你一直到国庆节都能坚持每天好好午睡，我就带你去。你能做到吗？"

儿子说："当然能做到啦！我都乖乖睡了一个星期啦，如果不好好午睡，不就前功尽弃，去不了欢乐谷了吗？"

此后，我有时会询问一下儿子是否有按时午睡。

一段时间过后，儿子养成了每天好好午睡的习惯。

为了让儿子加强自我管理，我还给他买了一个小闹钟，让他设置好时间，按时午休、按时起床。

学生和家长共同讨论拟定的作息时间：

6:50——7:25 起床、运动、读英语

7:25——7:45 早餐、上学

12:00——2:00 中餐、午休

17:00——18:00　运动

18:00——19:00　晚餐、上网

19:00——21:00　学习

21:00——22:00　下棋、看课外书、和父母聊天

实例2：
引导孩子拟定计划

教师说：

对于中小学生来说，没有拟定学习计划，很可能导致孩子辛苦又没效果，整天忙碌却又丢三落四。因此，开学之初，有必要制定学期计划。计划可以制定得细致一些，一定要严格执行，才能学得有效，学得快乐，学得有条不紊。

妈妈教子心得：

"积跬步以致千里，积滴水以成江河"。

我和儿子讨论制定了每日作息以后，接下来了又制定了学期计划、周计划、每日计划。这样一来，大到整个学期，小到每个小时都有计划地进行。

一、学期总体计划

开学前，学校召开家长会，谈到本学期的要求。回到家，我们全家进行了交流，然后制定了学期计划：

数学：主要是训练做题的速度，必须做得又快又好。

英语：加强背诵单词和课文。每天听读 15 分钟，培养语感。

语文：主要加强写作训练和增加"世界名著"阅读量。

学习习惯方面，能够乐观面对学习困难、养成主动学习的习惯。

二、每周学习计划

完成老师的作业。

每周阅读课外书 3 本（其中，世界名著 1 本，英文图书 1 本）

每周写练笔作文一篇。

每周上"奥数"课两次。

三、每日学习计划

放学后自主完成老师布置的作业。

需要家长听写、签名的主动找家长。

每天下棋、运动、看课外书。

爸爸教子心得：

他妈妈说要和儿子一起制定学习计划，我没有参与，但是，我私下里和他妈讨论，确定了制定学习计划的两个原则。

一是要尊重儿子的意愿。如果家长或者老师把自己的意愿强加在儿子身上，势必引起他的反感。只有让孩子自主地制定计划，才能让儿子感受到被信任、被肯定，因此有自信和乐观。孩子主动制定的计划，他会更加愿意去执行，也能够达成好的效果。

二是根据儿子的能力和兴趣制定计划。他妈很喜欢弹钢琴，也试图培养儿子，可是，儿子练习了半个学期，实在没有兴趣，我就建议儿子暂时放弃，等以后有了兴趣，想学的时候再学。儿子喜欢读课外书，可以因势利导多读一些名著。

实例 3：
预习，是不可缺少的一环

教师说：

上课之前有预习的同学在课堂上表现积极、主动、有自信。

事实上，一节课四十分钟，学生很难做到完全不"走神"，如果学生知道重点和难点在哪里，在课堂上就会对这些环节更加关注，让教学起到答疑解惑的作用。

而且，在课堂上，如果学生对知识点的理解，和老师的讲解吻合，他会有很大的成就感，因此能够激发学生坚持预习的兴趣，增进预习的效果。

妈妈教子心得：

儿子每天都有新的学习内容，随着学习难度的增加，

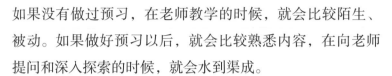

如果没有做过预习，在老师教学的时候，就会比较陌生、被动。如果做好预习以后，就会比较熟悉内容，在向老师提问和深入探索的时候，就会水到渠成。

因此，预习就特别重要。

儿子不明白为什么要预习，我就给孩子讲道理："预习可以让你领先一步。大家都在一个班级，如果你每天都领先一步，那么你就永远走在同学的前面。"

怎样预习呢？

我告诉儿子："预习，不是提前学习，而是要对即将学习的知识点有初步认识，找到难点和重点，做好记号。"

"做好记号的目的是什么？"

"在做记号的重点和难点部分，在课堂上有重点地听老师讲课，依然听不懂的，可以向老师发问。"

儿子明白了预习的重要性，他当然愿意做一个领先一步的学生，因此坚持预习，在班级表现积极主动，自信心很强。

爸爸教子心得：

儿子知道预习的重要性了，可是怎样预习还不是很清楚，采用死读和苦读的方法，显然是不行的。我教给他两个预习的方法：一是知识回顾；二是假设联想。

预习的时候，先看看前一个章节的知识是必要的，因为前面的知识点就是新知识的基础。所以，预习的时候，不要一下子就开始看具体内容，要先回顾一下以前的相关知识点，再看新内容。

预习的方法以阅读为主，先浏览一遍，把重要的公式、定律、概念、结论等做上记号，不懂的地方打问号。然后把基础性的题目做一下，预习时间不宜过长、研究不宜过深。

第二辑
如何激发学生主动学习的兴趣

引 言

爱因斯坦说："如果把学生的主动和热情激发出来，那么学校所规定的功课就会被当作一种礼物来领受。"

每一个父母都希望自己的孩子学习轻松、成绩又好。可是，很多孩子的情况却是：在家被父母逼着学，在学校被老师压着学，对学习厌倦，把学习当作苦差事，学习效果不好，成绩也很难提高。

要想孩子有好的成绩，父母和老师一定要激发孩子主动学习的兴趣，开启孩子的内在动力。

理论参考：
麦克利兰的成就动机实验

我们中国的教育一直强调"寓教于乐"、"愉快学习"。

作为一名教师，我一直在探讨：同样是上课、上晚自习，有的同学觉得很辛苦，而有的同学觉得一点也不辛苦，下了晚自习以后，还挑灯夜战，对学习孜孜以求。

对有的学生来说，学习是一件快乐的事情，而对有的学生来说，学习却是一件"苦差事"。

这，如何解释？

麦克利兰的成就动机实验给了我们答案。

成就动机是指个人在参加事关成败的活动时，不畏失败威胁，自愿努力以赴，以期达到目标并获得成功的内在驱动力。

美国哈佛大学的麦克利兰教授在 20 世纪 40 年代开展

了"成就动机实验",他认为具有强烈成就感的人渴望将事情做得更为完美、提高效率、获得更大成功。他们追求的是在争取成功的过程中克服困难、解决难题、努力奋斗的乐趣,以及成功之后的个人成就感,他们并不看重成功所带来的物质奖励。

实验目的:

通过实验比较高成就组学生和低成就组学生之间的差异,从而得出成就动机对学生学业成就的影响。

实验过程:

实验在美国纽约的布隆克斯中学进行。该校是美国著名的天才学校,就读该校的学生智商基本上在 140 以上。

选择这所学校的学生作为研究对象,主要是为了排除智力因素对学生学习效果的影响。

实验对象:该校 1956 年 9 月入学的 468 名男生,他们年龄、智商、入学成绩接近。

1957 年 6 月他们读完一年课程,把他们的学业成绩进行比较。

结果发现:年龄、智商都没有影响他们的学业成绩,但是,成就动机高的学生学业成就高。

实验结论：

麦克利兰认为，在学生的成长环境中，困难会导致成就动机的减弱，因此，我们家长和教师应该激发学生的内在成就动机。这才是促进学生学业成绩提高的根本。

实验应用：

成就动机是个体的性格特征之一，它在一定的社会、文化、教育条件下形成。

激发学生的成就动机能够促使学生根据社会需要和个人水平确立追求目标，并为此坚持不懈地努力。

尤其对于成就动机弱、学业成绩中等的学生作用明显。

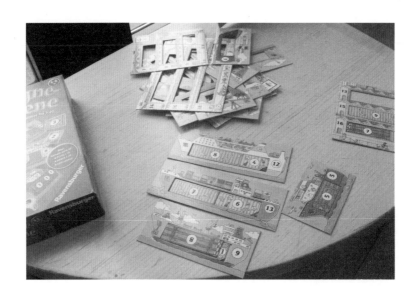

专家有话说：
学生的"成就动机"可以训练出来吗？

常常听到教师"恨铁不成钢"地说自己的学生：

某某同学很聪明就是不肯吃苦，努力不够。

某某同学按照他的能力，绝对可以考进前十名，可他自己总觉得考差不多就行了，没有上进心。

某某同学忽冷忽热，我多盯盯他，成绩就好一些，稍微放松一下，他的状态就垮了。

其实，这很大程度上来自于学生内在的成就动机没有养成。

成就动机可以培养吗？

如果可以，要怎样进行培养？

经验证明，成就动机可以培养。其整体训练可以分为六个阶段：

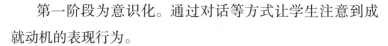

第一阶段为意识化。通过对话等方式让学生注意到成就动机的表现行为。

第二阶段为体验化。通过活动或游戏体验成功或失败，体验成败与行为策略的关系。

第三阶段为概念化阶段。在学生体验成败的基础上，让学生理解相关概念，如成功、失败、动机、成就动机等，实践体验与行为策略的关系。

第四阶段为练习阶段。在前几个阶段的基础上，通过反复练习来加深学生对成就动机的理解。

第五阶段为迁移阶段。把前四阶段积累的概念、策略应用到学习行为中去。学生要自己选择学习目标，进行自我评价，并能体验成败的条件。

第六阶段为内化。这时学生练习所得的成就动机将成为学生自身的需求，并在学习行为中发挥作用。

培养孩子的成就动机，责任在家长、教师、社会。

就家长而言，对子女的自律训练越严格，孩子的成就动机越强。

对教师而言，培养你追我赶的良好班风能促使学生的成就动机增强。

对社会而言，媒体和儿童读物中有较多的关于激发儿童成功的内容，有助于儿童成就动机的提高

实例 1：
学会管理时间

教师说：

有的学生背诵书中的"少壮不努力，老大徒伤悲"、"一寸光阴一寸金"很熟，可是，如何充分利用时间进行有效学习？他们并不知道。

有的学生整天忙忙碌碌，学习效果却不佳，久而久之，他会觉得"我就是笨"、"我不如人"，从而降低了成就动机，导致"破罐子破摔"。

因此，引导学生合理安排时间、提高学习效率是很有必要的。

合理安排时间，第一要养成孩子到某一时间就做某一件事的习惯。比如，到了几点钟就必须去学习，而不能拖延。

第二要养成充分利用上课的四十分钟。如果课堂上不专心听讲，课后自己补回来就花费成倍的精力。

做好计划，严格执行，让孩子学会独立安排时间，才能充分利用时间，提高效率，从而体验到成就感，激发学习兴趣。

妈妈教子心得：

孩子上学需要早早起床、快速刷牙穿衣洗脸、快速吃饭……周一到周五不可以玩电脑、写作业要一丝不苟……一个六岁左右的孩子，突如其来地结束了幼儿园以玩乐为主的生活，要完成这样一个过渡，必须要有顽强的意志力。

怎样让孩子完成这个过渡？

有的人喜欢画画；有的人喜欢旅行；有的人喜欢打麻将。为什么呢？因为做这些事能让人愉悦。

如果，能够想办法让孩子从中体验到愉悦，当然就会喜欢这件事——学习。

怎么做，才能把"苦差事"变"愉快"呢？

我这个做妈妈的，没有少费脑子。

在小学一年级的时候，学习书写拼音和汉字。

一般来说，一年级刚开始的书面作业，主要是很枯燥地写拼音。老师布置回来的作业，是把："b、p、m、f"各写3行，每行12个。

我们大人做一个尝试，同一个字，写了几次之后，自己都不知道自己在写什么，写的这个字自己都觉得陌生了。

虽然写这些拼音需要的时间不长，但是很乏味。因此，我就把作业分作四次完成，周六上午和下午，周日上午和下午各写一点，每个拼音不是一次完成一大排，而是把这几个拼音轮流写。

这样，孩子就能认认真真写每一个字，只需要几分钟可以完成。

到了初中的时候，要背诵很多古文，我就教儿子一些记忆方法。

根据心理学家艾宾浩斯的记忆规律，一口气要背诵得流利，是一件不容易的事情。

我和儿子有个规矩：在"卡壳"的地方，如果实在想不起来了，儿子举一下手，我就提示一两个字。

经过一提醒，就准能想得起来。

背诵完了以后，告诉儿子，这次有几个地方"卡壳"了。他在下一次背诵的时候，如果减少了"卡壳"的次数，他会很开心。

让他体验到，有些许的努力，就能有进步，心情很愉快。

这样一来，儿子觉得自己每次背诵下来，并且，很希望能再背一次，看看自己有没有减少"卡壳"的次数。一心只想，我还要进步，还要进步。

孩子能够在学习中体验快乐，就能逐渐愿意主动克服困难，对新知识有强烈的求知欲。

爸爸教子心得：

儿子上小学了，他看到爸爸妈妈很晚才睡，而他自己要按要求九点多去睡觉，很不开心。于是，他擅自决定：要和爸爸妈妈一样，十一二点才睡。

我同意他尝试。

结果是，早上，千呼万唤他都起不来。

他终于领略到：还没有睡够而被人叫醒的时候，会产生痛苦感。

理论上他知道要早睡早起了，可是心理上还是不情愿的。

我想了些法子让儿子喜欢上床睡觉。

每天晚上 9:30，我陪他上床。

他自己先看十几、二十分钟课外书。接着选一两个喜欢的内容，我关上大灯，他躺下，我借着床头灯的灯光，讲给他听。

有时候，我干脆把人生小哲理，自己编成小故事，说给他听。

关灯后，我和他轮流说一说他在学校发生的事情，我在单位发生的事情。

我会把在单位发生的事情和他说，包括我遇到的高兴的事和遇到的挫折。

他也会竹筒倒豆子一般，把在学校发生的事情都说给我听。

最后，我会表扬他今天哪里做得很棒，哪里还需要进步。表扬三四个地方，提出希望改进的一两个地方。

聊一会儿天以后，就要求他睡，他很快就能睡着了。

因为晚上按时睡觉，到第二天早上六点多睡到自然醒，他就不会出现让大人强行叫醒的痛苦。

这个睡觉的习惯一直保持到现在，是儿子精力充沛的保障，睡前交流也是我和儿子沟通的桥梁。

实例 2：
当孩子"半途而废"的时候

教师说：

很多学生跟我诉说苦恼：不管做什么事情都容易半途而废，不能坚持到底。我自己也很自责，觉得对不起家长和老师的期待，可我就是很难坚持。怎么办？

要坚持做一件事情，其实是需要意志力——也就是自我控制行为的能力。绝大部分人，包括我在内，天生都是有意志薄弱的时刻，能总是做到自我控制是很难的。

因此，有半途而废的想法并不可怕。可以通过很多方法改进。

第一，要形成固定的时间节奏感。在一个有规律的生活里，人们容易有相对固定的受控时间去完成自己既定的目标。

第二，找到志同道合的同学互相激励。大家都能为某个特定的目标长期全力以赴，互相追赶激励，觉得自己在学习过程中很有充实感。

第三，要营造一个适合目标的环境。比如：学校有好的校风、班级有好的班风、家庭有好的家风，能让学生能够在好的环境中突破惰性，坚持不懈。

妈妈教子心得：

"好习惯决定一生"，我笃信。因此，给儿子一定的任务意识和良好的学习习惯是必要的。

但是，最近儿子的学习出了状况……

平时，儿子每天下午做四本作业：语文、数学、英语、作文。听起来吓人，其实，每一门功课，只需要五到十分钟就可以完成。

当然，如果拖拉、慢吞吞，时间就不可控了。

因此，我的"规矩"是：每次做作业之前，先喝点水、去上洗手间。做作业的时候，不可以离开座位，必须专心做。做好以后，把作业放在书桌的左边，等我回来检查。铅笔盒放在中间，右边是晚上需要我辅导完成的英语新课和"奥数"新课作业。

这段时间，儿子迷上了"QQ农场种菜"。

有一天，刚开始做"奥数"作业，突然，手机闹钟响了。

舅舅大喊："岳岳，菜熟了，快来摘呀！"

原来，为了准时摘菜，他设置了闹钟。

我还不明就里，只见儿子"嗖"地窜下椅子，冲向书房的电脑边。

我连伸手去"抓"住他的机会都没有。

我不动声色，坐在那里，等儿子回来。

儿子摘完菜，也就2分钟，返回书桌，准备继续做作业。

我严肃地看着他，不徐不疾地说："儿子，不要做了，妈妈问你。"

儿子知道自己错了，立即神情紧张地停下。

我问了他四个问题。

"你刚才正在做作业，跑去哪里了？"

"摘菜。"

"你这样做，对吗？"

"不对。"

"为什么不对？"

"做事不能三心二意，要一心一意。"

"那以后怎么做？"

"要专心做作业，不能跑来跑去。"

晚上，临睡前，我给他讲了一个成语故事《半途而废》："古时候，有一对夫妻。女人在家里织布，男人在很远的地方去求学。这个男人很想家，读书读到一半就……"

我希望，通过这种就事论事、晓之以理的方式能够让儿子知道做事要专注，不能半途而废。

爸爸教子笔记：

自从"QQ农场摘菜"的事情发生以后，儿子变化还是很大的。

今天是周日，儿子在做"奥数"作业。

到了吃中午饭的时候了，我说："儿子，今天你认真写作业，很棒。吃饭时间到了，先吃饭好吗？"

儿子说："不，爸爸，我不能半途而废，我做完这一道题才吃饭。"

他坚持做完了那道题才肯吃饭。

实例3：
让孩子习惯优秀

教师说：

优秀是一种习惯，人只有习惯优秀，才会变得更优秀。

有些同学的落后不是因为他们的智力不如他人，而是他们习惯了落后。

这种习惯性的落后一旦控制了学生的心灵，他们就会失去改变的内在动力。他们没有达到优秀的欲望，甘愿成为优秀学生的陪衬，以至于缺乏达到优秀者的激情，也缺乏接受优秀的勇气。因为从内心深处，他们就永远也不会相信自己能够成为优秀的一份子，或者说他们从来就没有去相信过自己会达到优秀。

要让这些学生优秀起来的唯一办法就是让他们向往优秀、接近优秀，并最终达到优秀、习惯优秀。

妈妈教子心得：

如果你希望孩子成为什么样的人，爸爸妈妈就要经常表扬孩子："你是那样的人。"哪怕孩子做得并不尽人意，也一定要给予他这样的信任。

我对儿子，就是这样做的。

比如，陪儿子打乒乓球。

一开始，是比较难的。我对他说："你今天肯定可以打十个回合。"

"你已经努力在努力了！"

"你已经离十个回合的目标越来越近了！"

并且告诉儿子途径："如果你再坚持打一段时间，就一定会打到十个回合！"

实验证明，持之以恒地鼓励孩子，强化期待，孩子会成为我们期待的那样的人，至少能达到目标80%。

相反，如果用他的不足之处嘲笑他、批评他，就强化了他的心理感受，使之更难克服自己的弱点。

儿子很喜欢阅读，因此知识比较广博，经常得到语文老师的表扬，经常在各种报刊、杂志发表文章。同学们友好地笑他"小博士、小作家"。

儿子得到这些鼓励之后，更加频繁地阅读课外书，成为学校图书馆的常客，更加主动写文章，在小学期间就和妈妈一起出版了2本书：《和儿子云游美国》、《和儿子云游澳大利亚》。

他已经习惯了这方面的优秀，取得了长足的进步。

根据这个例子，我总结，因为及时发现孩子的闪光点，不断鼓励和赞扬，孩子会更加自律自省地刻苦学习。因为，无论如何，他不会让自己优秀的形象在成年人或者他人心中倒塌，他已经习惯了优秀。

爸爸教子笔记：

前几天，我在和儿子预习一个英语故事，大概内容是：一个外星小孩来到人类的教室，觉得很新奇，坐在椅子上摇啊摇，"啪"地一声，摇倒了椅子，摔了一大跤……

正讲到这里，儿子也漫不经心地摇着椅子……只见"啪"地一声，儿子摇倒了椅子，摔了下去……

我盯着儿子，严肃，一言不发。儿子从我眼里读到了批评。

儿子觉得自己错了，神情紧张，默默流下了眼泪。

我扶起椅子，说："你是不小心的，既然你知道自己错了，爸爸不批评你。"

此刻，儿子已经知道自己犯下了错误，并且已经用后悔的泪水惩罚了自己的错，还何须批评呢！

这个时候，需要的是，对孩子改正错误给予信任。因此，我对儿子没有进一步的追究。

孩子难免不小心犯错。如果孩子知道自己错了，并且后悔了，大人就不必再批评了。

因为，成年人对孩子已经知错后的宽容，就是对孩子自觉知错认错的信任，会加强孩子自我管理的能力。

第三辑

每个学生都有潜质成为『写作达人』

引　言

　　10岁的儿子和妈妈一起出版了两本书,其中,儿子在《和儿子云游美国》一书中撰写了18篇文章,在《和儿子云游澳大利亚》一书中撰写了24篇文章。

　　除此之外,儿子在多家报刊、杂志上发表了文章、诗歌二十多篇。

　　其实,儿子在阅读和写作方面,既不是"天才",也不是"偶然",而是我这个做妈妈的用心去陪伴儿子阅读和写作,营造了一个"书香家庭",逐渐让儿子有兴趣、有成果。

　　我想,就算给我一个资质平平的孩子,用我这样的方法进行培养,也可以培养出"爱阅读、知识面广、写作能力强、自信心足"的孩子。

专家有话说：
孩子不爱阅读是父母造成的

引导孩子养成阅读习惯不是一朝一夕的事情，而是一个持之以恒的过程。

培养阅读习惯的关键期是孩子很小的时候，如果家长特意为孩子营造阅读氛围，用自己的行为做指引，孩子在起步阶段就会领先于同龄孩子，从而形成终生爱阅读的好习惯，一定会让孩子终身受益。

孩子没有养成阅读课外书的习惯，很多家长把责任归到孩子"好动"、"坐不住"、"性格使然"。

事实上，孩子爱不爱阅读，直接来自于父母的影响。父母自己没有阅读的习惯，孩子自然是有样学样。

幼儿园教师反馈：

入学前没有养成阅读习惯的孩子，父母总是处于"忙碌"状态，他们中的大多数没有用心培养孩子的阅读习惯。

比如，孩子说："妈妈，给我讲故事。"

妈妈则回答："以后再说吧，妈妈现在很忙。"

一次次地忽略孩子的阅读渴求，导致孩子逐渐失去了阅读兴趣，转而在其他事情上找乐子。

小学教师反馈：

尝试把学生分为两组，他们的智力差异不明显，唯一不同的是，A 组学生在小学前有很好的阅读习惯，B 组学生几乎没有阅读课外书的习惯。

三年后，学生进入四年级，爱阅读的 A 组学生成绩明显优于不爱阅读的 B 组学生。

在家庭营造阅读氛围要从父母自身做起，关掉电视机，各自看自己喜欢的书籍，偶尔进行交流。

只有父母静下心来阅读，年幼的孩子才会去模仿成人的行为，胜过无数次大声呵斥说教。

实例 1：
怎样培养广泛阅读的兴趣

教师说：

要想孩子有写作兴趣，先必须有阅读兴趣，广泛地阅读是写作的基础之一。

快速阅读有方法。书籍的数量大，我就鼓励儿子快速阅读，培养他一目十行的能力。时间久了，儿子不仅阅读速度很快、记忆力比较强、词汇量大，还能够在作文中运用大量的好词佳句。

妈妈教子心得：

儿子是一个地地道道的小书迷。

记得我有一次去做"美容"，他非要跟我去。我在那里做了两小时，他就在美容院的沙发上，一动不动地坐着，看了两个小时书。

大约在儿子四岁的时候，平时他都是晚上 9:00 上床睡觉。周末，我说："我要出去有事，你按时睡觉哟。"

儿子说："妈妈，那我多看会儿书再睡好么？"

我就说好的。

哪知，等我晚上十一点回来，才发现他还在着迷地看书！

儿子六岁的时候，有一天生病了，请假没有去上学，他从早上七点开始看书，一直看到中午十二点。等我中午回来吃饭，才发现他一直没有离开过书。

孩子如此喜欢看书，是天生的吗？

我不赞同。因为我从孩子出生开始，从点点滴滴做起，就非常用心地培养孩子阅读的习惯。我是这样做的。

营造"书香家庭"。

我们家的口号是："学习型家庭，在家庭中学习"。

家里订阅了 10 种以上报刊杂志，有日报、周报、月刊月报。每天回来，茶几上已经摆好了当天的报纸。放下书包，第一件事就是浏览当天报纸，然后才去洗手吃饭。

家里所有的卧室和客厅都有书架。书架的高度，是他的身高随手可以拿到的高度。

晚上，儿子写作业，我就在书房写作、看书、弹琴。

久而久之，一家人都互相影响，潜移默化地养成了爱阅读的好习惯。

"工欲善其事，必先利其器"。我利用日本井深大的"零岁识字法"帮助儿子完成了早期识字。他四岁之前就会阅读全部是文字的书籍。

能够自己识字以后，儿子就不用依赖爸爸妈妈给他拿着儿童书籍讲故事了。拥有一双智慧的眼，他可以自主浏览家里所有的书籍。

以至于大约 7 岁时，有一次他和老师同学讨论《呼啸山庄》，大家极为惊讶。

要想培养孩子早期大量阅读书籍的习惯，我个人认为，早期识字是很好的一个方法。

爸爸教子心得：

买书有策略。儿子喜欢某一套书籍，我会先买其中一两本回来。他看了以后如果特别喜欢，再去把整套买回来。这样不会浪费。

只要他喜欢的书，我几乎全给他买。

有的书当时他只是稍微看看，但是，过一段时间之后，他会再拿出来看，突然又有了兴趣，并且有了新的感悟。

我并不囿于只买儿童书籍给他。他有时候也会喜欢看成人书籍，只要他愿意看，我都给他买。

每个周末都去书城，在那里静静地阅读。饿了就吃点好吃的，累了就去旁边的少年宫玩耍一会。

实例 2：
如何指导"看图写话"

小学一年级教师说：

"看图写话"是一年级语文考试的最后一道必考题，也是练习写作的雏形。

我是这样指导学生的。

第一个步骤：

引导学生观察图片。

第一分析：这是什么时间？如果有明显的季节特征，就可以说季节。如果有明显的时间段，就可以说早上或者晚上，否则，可以说"有一天"或者直接说"一天"。

第二分析：这里有谁？如果是人物，就给他或者他们取个名字。如果是动物，就说小动物。

第三分析：什么地点？

第四分析：发生了什么事情？

在纸上列出四个要素：

时间、人物、地点、事情。

让学生用这四个要素连起来说出图片内容。

第二个步骤：

指导学生运用写作格式。在段落开头，要空两格。之后的每一行不用空格，要顶头写。我提醒儿子，如果以后会写好几段了，就要在每一段的开头都空两格。

第三个步骤：

指导学生运用标点符号。时间的后面用逗号。一句话说完了，用句号。标点符号不能写在第一格，而要跟在最后一格。标点符号要写得小小的，写在格子下方。

第四个步骤：

为了保证准确性，不会写的字就不要凭印象写，而要写拼音。

学生在这番指导下，写了第一次看图写话，其中有两段是这样的：

看图写话一：

一天，猴子爸爸和宝宝去摘桃子，遇见了小兔子。

看图写话二：

晚上，小月在草地上看天空。天空的星星真漂亮！

在看图写话的第一阶段，主要掌握了"时间、人物、地点、事情"的四要素写作法则。

学生用一两句话把图画内容写出来。我就对他们进行了第二阶段的辅导。

我对学生说："看图说一件事情只用了一两句话，如果能在后面加上自己的评价、感叹或者自己的看法、想法，文章就会有头有尾，更加完整。"

于是学生写了一些看图写话：

看图写话三：

春天来了，几个小朋友在草地上踢球。姐姐说要爱护草坪，不能在草地上踢球。姐姐真棒！

看图写话四：

早上，一只小公鸡在岸上打鸣，白鹅和小鸭子们在小溪中玩得很开心。

妈妈教子心得：

在儿子初步掌握了写作四要素之后，我提示儿子，如果在写作的时候，能够运用好听的词语和句子，那么就会非常精彩，成为优秀的作文。

儿子听了跃跃欲试。

于是，写了以下几段看图写话。

看图写话一：

早上，葛朗台小朋友在小河边喂鱼。鱼吃了他的鱼食后，大发雷霆，四处乱窜。结果，没多大一会儿，鱼儿筋疲力尽。

看图写话二：

秋天，起风了，落叶就像蝴蝶一样，在空中飞舞。枫叶真漂亮啊！两个小朋友高高兴兴上学去了。

看图写话三：

一天，小小在家门口赶着一大群雪白的鸭子。鸭子像飞毛腿一样跑得真快呀！旁边的大树上有很多果子，有的大，有的小，有的红，有的绿。果子真漂亮啊！

写作的技巧博大精深，在一年级这个阶段，能让孩子用正确的格式，正确的标点符号，用"时间、人物、地点、事情"四要素，把图画的大意用文字和拼音表达出来，并且有自己的想法，已经完全达到新课标的要求。

积滴水而成江河，积跬步而致千里。写作亦然，需要经常训练。

实例3：
增加生活体验，积累"活"的素材

教师说：

有的同学听到"作文"二字就头痛，觉得脑袋空空，不知从何下笔。

除了阅读书籍，生活中的真实体验能积累"活"的素材，所以，一定要让孩子走出去，真正践行"读万卷书，行万里路"，才能让孩子有"东西"可写。

妈妈教子点滴：

周末的清晨，我和儿子早早起床去莲花山跑步。平时就在楼下花园运动，周末的时间宽松一点，可以多运动一会儿，于是直奔莲花山。

出发前，我给儿子布置任务："看一看，清晨的莲花山和平时有什么不同。看看有什么样的人？树啊、草啊，是什么样子的？回来，写一篇文章。"

一路玩得很开心，快到家时，我提起写文章的事。

儿子说："我写一篇散文吧。"

"可以啊。"

于是，儿子口述，我笔录写了一篇"文章"：

清晨的莲花山

星期天的清晨，我和妈妈跑步，来到莲花山。

一滴滴的露水，溅在我的脚上，好凉爽啊。

老太太们在跳舞，如花般地跳着、笑着。我和妈妈看了一会儿，依依不舍地回家了。

天空蓝蓝的、大树绿绿的、楼房高高的、小草细细的……

清晨的莲花山真好看。

爸爸教子心得：

儿子上小学二年级的这个暑假，一家三口去北京和内蒙古旅行。为了让儿子能够了解北京和内蒙古，亲眼看看书中所描绘的风景，也为了能够达到教育和旅行相结合的目的，我这个做爸爸的煞费苦心。

首先，我绘声绘色地给儿子讲故事，说长城多么坚固，可是又多么脆弱，一个孟姜女给哭倒了八百里。

说英法联军多么可恨，烧我们的宝贝。

说天安门，说毛主席纪念堂等等。

说内蒙古的草原、骏马、蒙古包、烤全羊……让儿子对旅程充满好奇和期待。

接着，我给儿子介绍北京经典的景点，让儿子自己选择想去的景点。

儿子选择了清华大学、长城、天安门、毛主席纪念堂、圆明园等作为旅行目的地。

根据儿子选择的旅行地点，我在网络上下载了好几十页关于这些景点的介绍，比如关于圆明园的资料，就有年代、背景、建筑特色、历史、现状等等。还准备了火烧圆明园的历史故事。

去之前，我给儿子准备了一个作文本，要求他必须每天写一篇旅游日记。

因为，长达一个月的旅程，孩子会遇见很多在课堂和书本上没有的人和事，很新奇。让儿子有重点地记录自己的旅行见闻，不会是空洞的，而是实实在在的，是很好的写作训练机会。

　　在旅途的每天晚上，儿子坚持写几句自己的感受和见闻。有时候写的是风景，有时候写的是历史，还有时候写的是感想。

　　其中有一篇文章，儿子写他住在蒙古包的时候，主人家有一只通人性的小狗，每天送我们回酒店的故事：

　　这只小狗一直陪我在草原玩耍，送我回酒店。当我向主人家的方向挥挥手，说："小狗，我们到家了，你不能进酒店，你回去吧。"小狗这才依依不舍地离去。

　　住了些日子，我们要离开内蒙古了。

　　儿子因为即将与小狗离别，大哭。在写作文的时候，还一直哭着。

　　这样写出来的作文，是有感而发，不空洞，不瞎编，同时对孩子也是很好的情感教育。

实例4：
"10岁出版两本书"并不神奇

名家说：

10岁这一年，儿子和妈妈一起出版了"云游世界丛书"（5本）——《和儿子云游美国》、《和儿子云游欧洲》、《和儿子云游澳大利亚》、《独自旅行只为遇见自己》、《行走荒野遇见爱》。

其中，《和儿子云游美国》、《和儿子云游澳大利亚》两本书中，分别有儿子18篇和24篇文章。

深圳市教科院综合教育研究所所长熊冠恒先生评价《和儿子云游美国》一书：

全球化背景下，让孩子直面并感受多元文化，无疑益处多多。云游中，难能可贵的是母子的心灵默契，一起书写异域文化中的感悟和交往心得，这更增添了美国之行的教育意义。

深圳大学教授、李臣之博士评价《和儿子云游澳大利亚》一书：

有意义学习的发生，不仅仅在于书本知识的广泛阅读，更重要的是通过观察、亲历、联想、表达与应用。《和儿子云游美国》一书的作者就是体验着这样的有意义的学习观察，短暂的旅途，生动的叙事，引发出丰富的思考，阐释着灵动的意义，值得一读。

中国知名教育学者温晓军先生评价"云游世界丛书"说：

犹如亲历那遥远的美丽世界，也感受到了作者细腻的心理和优美的笔锋。儿子和母亲二重奏般的抒发，似童话与现实的交响诗，颇为引人入胜……

妈妈教子心得：

我家一直订阅了10份左右的报刊、杂志，每天回家第一件事情就是浏览报刊。

小学三年级第二学期，一次偶然的机会，我看到《深圳晚报》的"校园童话"版面征文，主题是"春天"。上一个周末，我们一家三口刚好去松山湖春游，儿子写了一篇文章《松山湖的春》。

我就按照指定邮箱投了稿。过了两天，文章发表了。

儿子受到很大的鼓舞。短短数百字，薄薄一张稿费单，是给他最好的奖赏。

从此以后，一发不可收拾，《青少年报》、《深圳晚报》、《红树林》、《特区教育》……几乎每个月都有儿子的文章、诗歌发表。

语文老师在班级把这些文章念给同学们听，更激发了儿子爱阅读和写作的兴趣。

所有的寒暑假，我们都在旅途度过，自从上了一年级，儿子会写字了，就开始坚持写游记。

儿子7岁的时候，我们在澳大利亚过春节，云游了澳洲各地，儿子写了36篇文章，其中24篇出版在《和儿子云游澳大利亚》一书中。

儿子9岁的时候，我们在美国度过了整个暑假，儿子和我共同出版了《和儿子云游美国》一书。

白天，我和儿子旅行，在世界各地行走，闲暇中，我和儿子一起写游记。

每天的旅途生活丰富多彩，撰写游记的内容生动、有趣、活灵活现。

无论是澳大利亚的树袋熊，还是美国的林肯纪念堂，他都走过、看过、亲历过，因此，写作就充实起来了。

所以，我的经验是，坚持"读万卷书、行万里路"，从我做起，持之以恒。

我不认为儿子"10岁出版两本书"是"天才"、是"神童"，我认为是教育的结果。

爸爸教子心得：

说起儿子写作文，有一件蛮有趣的事情，在他发表的文章当中，其中有四篇是写他的音乐老师的。

儿子唱歌真叫五音不全，音乐细胞也不发达，因此在音乐课上不会有突出的表现，但是，这位音乐老师肯定有与众不同的地方，以至于一次次成为儿子写作的主题。

这件事情让他的音乐老师知道了，她很好奇，特意去找儿子，要看看在学生的眼里，自己到底是啥样子的？为啥一次次成为学生写作的主角？

我也仔细看了这几篇文章，才发现这些素材来自于儿子校园内的真实生活，写得很是传神，因此能够一次次发表在各报刊杂志。

我把儿子写他的音乐老师的几篇文章摘录如下。

活唐僧吴老师

你们以为音乐老师都是文质彬彬的吗？

来我们班上一次吴老师的音乐课，你们就知道了。她呀，整天像个唐僧，动不动给我们这些调皮捣蛋的孙悟空念紧箍咒，让我们头痛欲裂。

她在我们年级最大名鼎鼎的两句口头禅就是"叫我这么大声音"和"再玩东西，自己扔到垃圾桶去！"

有一次音乐期末考试，大家三三两两轮流上台唱歌。

我们陆陆续续被老师叫上去考完了，漫长的等待好难熬呀，我和邻座的吴昀烨禁不住窃窃私语起来。

但是很不幸，逃不过老师的顺风耳。

吴老师说："第三排那个男同学，不能讲话了。叫我这么大声！"

我们赶紧闭上嘴巴。

过了一会儿，别的同学又开始喃喃自语，吴老师气得，"啪"的一声，狠狠拍了一下讲台："叫我这么大声！谁再讲话，扣十分！"顿时教室里鸦雀无声，我们大气也不敢出，连根针掉在地上都听得见。

真可谓江山易改本性难移呀！

没过多大一会儿，后面的王伟毅几个人热火朝天地玩起了笔，还戳向对方。

这可怎么逃得过吴老师的千里眼呀，她更生气了："再玩东西，自己扔到垃圾桶去！"

可怜兮兮的王伟毅火速灰溜溜地把笔收起来，生怕老师真的让他扔进垃圾桶。

吴老师总是爱在课堂上说这两句话，"活唐僧"的绰号在同学们当中不胫而走，沸沸扬扬地传开了。

了不起的吴老师

今天是个迥然不同的日子。远远的，我就看到校门上面高高挂起了"热烈庆祝第三十个教师节"的标语。

我兴高采烈地举着五枝鲜花，准备去送给五位老师。

一进校门，我就到处张望，看看老师们在哪里。其他的同学，有的拿着贺卡，有的举着鲜花，和我一样，激动万分的样子。

　　整个校园一派喜气洋洋。

　　早操结束的时候，没有如往常一样散会，校长还像周一升国旗似的，走上主席台。奇怪的是，教我音乐的吴老师也走了上去。这是为什么呢？

　　校长洪亮的声音响起："今天，是第三十个教师节。我们学校的吴老师在教育岗位上勤勤恳恳工作了三十年……"

　　"哇！"我和同学们都发出惊讶的赞叹。吴老师从二十岁的姐姐变成五十岁的奶奶，把全部的青春默默贡献给了我们这些同学，真让我震惊。

　　校长带头，整个操场响起了热烈的掌声！

　　平时默默无闻的吴老师竟然陪着小调皮三十年，一批一批的学生长大，她一直在这里辛勤工作，真了不起，真是太让我感动了！

时尚达人吴老师

我们班教音乐的吴老师平常就是一个 Fashion 的人。

看，她今天穿着一双花花绿绿的皮靴，上面还有几个小洞，有一种复古的感觉，像个慈禧太后。

她进教室喊："上课！"我们一听，百思不得其解："怎么声音像鸭公一样了？"

吴老师接着说："我患了重感冒，今天不能唱歌了。你们和我进行一场限时画画 PK 吧。"

哈哈！音乐老师怎么会画画呢！我们等着看吴老师的笑话。"童鞋"们个个做出"国家兴亡，匹夫有责"非要赢吴老师不可的样子。

PK 开始了。"童鞋"们有的龙飞凤舞，有的抓耳挠腮，有的深思熟虑。吴老师也在画画。过了一会儿，吴老师一声令下："停！"

"童鞋"们一一上台展示自己的"巨作"。最后，吴老师也拿出自己的画。我们一看，目瞪口呆。因为她的整张纸黑乎乎的，别的什么也没有。

不知道是谁从角落里幽幽地打破了宁静："这是神马东东？"

吴老师镇定地说："这是一个黑人在黑夜里捉乌鸦。"

我们恍然大悟，被吴老师逗乐了，哄堂大笑的声音此起彼伏。

　　没想到吴老师还是一个这么风趣幽默的时尚达人。我更喜欢上音乐课了。

　　如果所有的老师都有偶尔让我们开怀大笑的时刻，我们就更喜欢上课了。

第四辑
数学其实是一门有趣的学科

引　言

数学原本是一门越钻研越有趣的学科。对于中小学教师和家长而言，成功的数学教育不是强制，而是激发学生的兴趣，让学生感觉到数学的趣味性，才能让他积极动脑筋思考，主动参与到学习中去。

我认为现在我们的数学教科书安排是非常好的。

《新课标》提到：要让学生获得成功的体验，树立学好数学的信心。中小学数学不是简单的应用题的解决，而要注重在实际生活中的应用，即学以致用。

既然是"学以致用"，那么更多的是在操作中学、在实践中学、在游戏中学。

如果能够以这样的方式引导学生进行数学的学习，势必会让数学成为一门有趣的学科。

专家有话说：
怎样培养孩子学数学的好习惯

孩子上小学的时候身体抵抗力弱，很容易生病，有一次，孩子发着高烧，我和他妈妈劝他不要去上学，他还要去。所以，前一天晚上打吊针，打到半夜才回来，作业没做，怎么办？

我灵机一动：这点数学作业对儿子来说很容易，没做就没做，我来帮他做了吧。

哪知道，晚上回来，儿子很生气，我一看，那几道数学题我都没有按照老师的要求做，我用了方程式的解法。儿子才上一年级，根本没有学过方程呢！

真是聪明反被聪明误。

这是爸爸写的教子笔记。

孩子在基础教育阶段，数学的重点在于养成好习惯。

主动学习数学是孩子必须养成的第一大习惯。

现在的小学生都很有个性，但如今的家长热衷人为地安排孩子的学习生活，如放学回家、节假日怎么过，学习计划怎么制定等。

家长不妨把决定权还给孩子，如果学习计划在两周内执行不力，家长再站出来提建议。不少家长把孩子逼到数学培优班，结果孩子越来越讨厌数学，根本原因就是没有尊重孩子的个性。

有效学习数学是第二大习惯。

现场有家长反映，孩子慢性子，尤其是做数学作业慢，经常磨蹭到深夜，形成恶性循环，数学成绩因此甩尾。

对于没有时间观念的孩子，家长有必要制定一些刚性政策，如在规定时间内完成作业。

但家长不要随便增加孩子的学习负担，布置额外的数学作业。

此外，帮助孩子排除分散注意力的外在因素，让孩子专心作业，坚持一段时间，做作业定会提速。

独立学习是必须培养的第三大习惯。

从小学一年级开始，家长就应培养孩子独立学习，特别是独立作业的习惯。

　　妈妈爸爸不要打扰孩子，让孩子独自在书房做作业。孩子做数学作业时，家长可没收课本，像对考试一样对待作业。检查时，允许孩子翻书，查漏补缺。

实例1：
我是怎样培养儿子热衷数学的

儿子正式开始做"奥数"大约从五岁整的时候起。

"奥数"对五岁的孩子来说是挺难的。因为让数学脱离了具体形象操作，进入了抽象逻辑推理的程度，对孩子是一个很大的挑战。

如果没有恰当的方式，会让孩子因难而退，甚至因难而厌。

刚开始，因为儿子的爸爸是学理科的博士，所以奥数的教学，由他爸爸勇挑重担。

可能因为是大学教授，对于小孩的学习特点不懂，用教大学生的方法教儿子，儿子根本不能理解。

他爸觉得不可理喻，也给儿子说不明白，就着急，准备指责和批评儿子。

我说："那还是放弃你做儿子数学老师的资格吧。"

因为我深知，现在第一阶段，并不是要让儿子一口气完成很难的"奥数"题目，而是要达到以下几个目标：

一是要激发儿子对奥数的兴趣；

二是要培养儿子克服难题的勇气；

三是初步掌握数学分析和逻辑推理的技巧。

他爸实在没有耐心和信心教儿子达成上面的三个目标，只好偃旗息鼓地知难而退，放弃了对儿子的奥数引导任务。

不过，我猜，他应该挺高兴，因为不用那么麻烦，耐着性子教儿子。同时，也拭目以待，看看我怎样把这么抽象而困难的奥数教会儿子，并达成上面的三个目标。

轮到我这个做妈妈的上场做儿子的"奥数"老师了。

书中的习题是从易到难的。

有的题目比较容易，如果儿子经过自己思考做出来了，在给孩子判对错的时候，给儿子一些鼓励的话语，捏一捏小脸蛋，或者拍怕他的肩膀，加一句：

"你真厉害啊！"

"真是个做奥数的小高手！"

"你真是个小天才！"

如果做错了，我会说："还不太对噢，自己再想想还是让妈妈教你呢？"

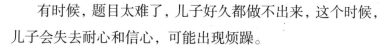

有时候，题目太难了，儿子好久都做不出来，这个时候，儿子会失去耐心和信心，可能出现烦躁。

此时，儿子需要精神支持。

我会在孩子独自思考一会儿之后，询问："需要帮助吗？"

"要不要提示你一下？"

"要不要教你怎么做？"

得到了成年人的关注、关心和支持，儿子的心情平静下来，充满激情地继续思考。

当儿子通过自己的探讨思索，捧着书和笔，写写画画，经过良久做出一道题目的时候，会获得极大地成就感、愉悦感和满足感，因而激发了儿子莫大的兴趣。

经过一段时间的独立做"奥数"，儿子已经开始迷恋这种思考方式。

他完成了规定的"奥数"作业以后，还不肯休息，说："我放弃今天自由活动的时间，我还要做几道题目。"

"我还有这个题目没有做出来，做到天亮，不睡觉，我也要自己把这个题目做出来。"

于是，他握着笔头、端着书本，时而念念叨叨，时而抱膝凝思，时而仰头望着天花板，时而低头趴着；身体时而前倾、时而后仰……完全沉浸在逻辑推理的数学世界里，心中别无他物。

这时候的他，看上去，不再是一个孩子，而是一个用热情、激情和浓厚兴趣在探索科学秘密的大孩子，俨然是一个大人。

我和他爸微微颔首：儿子又向前迈进了一大步！

实例 2：
一等奖非偶然

教师说：

对于学校组织的各项竞赛，家长是否配合、支持，对于孩子成绩的影响可以说天壤之别，尤其是低年级的孩子。

比如，每学期的数学活动月，学校会举行口算竞赛、智力题竞赛、数学小报制作竞赛。

以制作小报为例，低年级的学生完全独立制作小报的能力是比较弱的，如果有家长指导孩子，效果大不相同，孩子不仅能够一对一地习得做小报的基本知识，还能制作出精美小报，让他在班级脱颖而出，获得自信。

再比如，进行智力题竞赛。由于智力竞赛的题目是书中没有的，灵活性比较大，题型新颖。智力水平相近的学生，对于题型有接触过的话，做起来得心应。反之，如果完全没有接触过考试的题型，一时间肯定无从下手。

如果家长知道很快要进行智力题竞赛，让孩子稍微做一做往年的题目，尝试做一下类似的题型，孩子在竞赛中遇到相似题型就会迎刃而解。

学校课余活动也很丰富，有的家长很重视，让孩子尽量参与，孩子的性格逐渐活泼开朗了，而有的家长总是对老师的要求置若罔闻，孩子也很少有机会参与丰富多彩的课余活动，久而久之，孩子变得不自信。

妈妈教子心得：

老师说要进行口算竞赛，我完全不以为意，因为，儿子最大的弱点就是粗心，这么简单的口算题目，是他的弱项，所以没有抱希望。

初赛是班级举行。

初赛完毕当天晚上，儿子说他进入了决赛。我觉得挺惊讶。看了看老师发的试卷，原来却是简单的题目。只要手到、眼到、心到，快速而且细心点，就应该没有问题。

于是，我和他爸决定给儿子加加油，根据考试的题型，对儿子进行做题速度和注意力的训练。

晚上，我和他爸爸每个人模拟老师的试卷，出了八套试题。每套试题 50 个计算题。

让儿子集中注意力，喊："预备，开始！"

儿子就开始做。一共五分钟，做完可以检查一下。时间到就停。

第二天是周六。

我拿出题目让儿子上午、下午、晚上各做一次。每次做一套题，五分钟。

因为时间短，儿子精力十分集中，不仅能够快速做完、检查，而且正确率也很高。

在年级口算决赛中，儿子如愿以偿获得了一等奖。

儿子能克服粗心的弱点，在自己并不擅长的项目中获得年级一等奖，受到很大的鼓励。

儿子的每一点成绩和进步，其实都离不开父母的精心指导。只有家长与老师配合，才能达到一加一大于二的教育效果。

爸爸教子心得：

就儿子参加口算竞赛这件事而言，我认为父母的配合、训练是很有用的。

首先是不让孩子打疲劳战。

一个儿童的注意力高度集中的时间只有5分钟左右，因此，一套口算题50道题目，儿子大约三分钟可以做完，然后稍微检查一下。

我们每次只给儿子做一套题，让儿子拿到试卷立即全神贯注地做，自然又快又准确。

如果反反复复做，儿子肯定会筋疲力尽，只能适得其反。

第二，做题之前提醒儿子一定要"快速"。

因为低年级学生有个通病——为了做个好孩子，写作业一笔一划，认真是认真了，速度可就慢了呀。

做口算竞赛，赛的就是速度，容不得儿子慢悠悠写整齐。

因此，我叮嘱儿子，速算最重要的指标之一就是"速度"。因此，必须要很快速写答案，只要老师能认出来就行了。

这个方法对于速算考试很有效果。

实例 3：
一教就会的"相邻数"

教师说：

数学，对于年纪越小的学生越困难。因此，我们引导学生学习数学必须要按照以下几个原则循序渐进地开展。

在生活中习得数学的概念。"一教就会的相邻数"这个案例是针对低龄学生，妈妈首先用"我家的邻居是谁？"、"我们人有邻居，数字宝宝也是有邻居的。"引入话题，从儿童最熟悉的小伙伴开始教学，势必能够引起儿童的兴趣。

以游戏的方式进行教学。妈妈用"给数字排队"的方式进一步引发儿童的学习，符合儿童"玩中学、学中玩"的认知特点。

从易到难开展教学。在学习中，妈妈用很小的几个数字进行教学，让儿童易于接受。

从具体到抽象过渡教学。儿童认知的特点就是逐步从直觉行动思维过渡到具体形象思维，抽象逻辑思维还不是发达。因此，妈妈在教学中"从邻居到数字"就是符合儿童心理认知发展规律的一种教学方式。

复习巩固不能少。儿童认知抽象的数学知识需要在日常生活中经常巩固，"游戏即学习"、"生活即教育"，这是对儿童学习最好的诠释。

妈妈教子心得：

"儿子，你知道我们家的邻居是谁吗？"我问。

"我知道我的邻居是乐乐。"儿子说。

我告诉儿子："我们人有邻居，数字宝宝也是有邻居的。"

我取来 A3 纸和水彩笔，写上数字 1："比 1 多一个是几？"

"2。"

"比1少一个是几？"

"0。"

我写上"0、1、2"："我们来给数字排排队，你看看，1的邻居是谁呢？"

"1的邻居是0和2。"

我极力赞扬儿子："对了,1的邻居是0和2。"

我继续用同样的方法问2、3、4的邻居，过渡到10以内数字的邻居。

儿子一一作答。

我总结说："一个数字前面和后面的数字就是它的相邻数。"

我又问18、34、216、2468等的相邻数。儿子一一回答正确。我一次次热烈表扬他。

我原以为对于看不见摸不着的"相邻数"教学是很难的，但是，短短几分钟，儿子就顺利地说出任意数字的相邻数。在这当中，我不经意地运用了低龄儿童学数学应有的教学原则。

我自己进行回顾，总结了今天成功教儿子相邻数的方法：

从邻居引入到相邻数。

感知 1、2、3、4 的相邻数。

再逐一认识 10 以内数的相邻数。

过渡到两位、三位、多位数字的相邻数。

回答正确的时候，千万不要吝啬大人的赞扬。赞扬，能激励起孩子无穷的成就感和继续超越自我的激情。

实例4：
一教就会的"分数"

教师说：

分数是一个趣味性、游戏性很强的学习内容。一个物体，一个图形，一个计量单位，都可看作整体"1"。把整体"1"平均分成几份，表示这样一份或几份的数叫做分数。

在历史上，分数几乎与自然数一样古老。早在人类文化发明的初期，由于进行测量和均分的需要，所以人们引入并使用了分数。

在许多民族的古代文献中都有关于分数的记载和各种不同的分数制度。早在公元前2100多年，古代巴比伦人就使用了分母是60的分数。

我国春秋时代的《左传》中，规定了诸侯的都城大小：最大不可超过周文王国都的三分之一，中等的不可超过五分之一，小的不可超过九分之一。秦始皇时代的历法规定：一年的天数为三百六十五又四分之一。

200多年前，瑞士数学家欧拉，在《通用算术》一书中说，要想把7米长的一根绳子分成三等份是不可能的，因为找不到一个合适的数来表示它。如果我们把它分成三等份，每份是7/3米。像7/3就是一种新的数，我们把它叫做分数。

人类历史上最早产生的数是自然数，以后在度量和平均分时往往不能正好得到整数的结果，这样就产生了分数。

妈妈教子心得：

为了让儿子感知和学习分数，我决定玩一个全家总动员的游戏——"抢西瓜"！

首先，我准备好一把剪刀、红色卡纸、水彩笔，A3纸。

接着，我把红色纸拿出来，剪成圆形，说这是一个西瓜，在 A3 纸上写一个大大的"1"。

"咔嚓"！

我把"西瓜"剪成了两半："西瓜切成了几等分？"

"2 等分。"儿子回答。

我在纸上写：2。

"抢西瓜"的游戏开始！

随着一声令下，我们三个人不约而同从门口跑过去，争抢"大西瓜"。

爸爸抢了一块，儿子抢了一块。

我提问："你们各自抢了多少？"

"我抢了半个，爸爸抢了半个。"

我忙引导儿子表述："你抢了 1/2, 爸爸抢了 1/2。"同时，我把儿子回答的写出来：1/2+1/2=2/2=1

接下里，我把另外的红色纸分别剪成 3 等分、4 等分，一家人继续玩"切西瓜"、"抢西瓜"的游戏。

1/3+2/3=3/3=1

1/3+1/3+1/3=3/3=1

1/4+……

1/5……

儿子一会来回跑着抢西瓜，一会坐下和我探讨分数，忙得不亦乐乎。半小时过去了，他用同样的方法认识了分数，知道分数和整体1的关系。

家庭是孩子的第一所学校，父母是孩子的第一任教师。能够让孩子在家庭中通过游戏、深入浅出习得知识，不仅能够让孩子快乐学习，也能促进孩子心理健康。

第五辑

学好英语有诀窍

引　言

记下来的单词总是忘？看到老外不敢开口说英语？经常看"美剧"，收获却不大？

对中小学生而言，他们的机械性记忆力比成人要好，但是存在的问题是学的快，遗忘的也快，这就是有的家长提出的"孩子老记，可是老也记不住"。

有些家长觉得带孩子跟团出国旅行，只能是"到此一游"，对于英语水平的提高差强人意。想出国自助游，却又没有勇气，甚至看到老外，怕被人笑话，不敢开口说英语。

很多教师和家长都鼓励学生通过看"美剧"提高英语水平，但又不知道怎么正确地引导学生利用"美剧"来进行英语学习，只能是看个"热闹"，不能达到实际的效果。

这一辑，我讲和大家探讨如何解决以上问题。

专家有话说：
记单词有绝招

很多学生为记单词苦恼，我总结了一些实用的方法。

趁热打铁地复习。

提高单词的重复出现率，达到巩固记忆的效果。作为家长，需要帮助学生反复听写新单词，并且有计划地听写以前学过的单词。

按音节记单词。

在记忆单词时，要利用自然拼音的知识，并且按照音节对单词进行划分。这样单词的记忆保证了书写的正确，也保证了读音的标准，摆脱了读音受汉语的影响。

逻辑组记

就是把单词"穿成了串"，然后进行记忆。比如：按

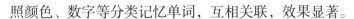

照颜色、数字等分类记忆单词，互相关联，效果显著。

家长帮助学生听写单词时也可以经常按照逻辑组进行，这样可以新词带旧词的进行复习。

对比记单词

英语词汇中有许多的单词都有意义相对应的词，我们可以通过对比、对照的方式来记。如：

1. 同义词：big—large; small—little
2. 反义词：fat—thin; long—short

情景记单词

在不同的情景下，我们会用到不同的词汇，通过情景分类有利于结合口语句型，让学生做到活学活用。

联系生活记单词

中小学生善于观察生活，所以要把单词的记忆与日常生活联系起来。比如在停车场看到的大写字母 P 代表哪个单词？ VIP 中的每个字母分别代表什么单词？通过点点滴滴，教会学生在生活中去发现词汇，学习记忆词汇。

实例 1：
背诵英语单词事半功倍的方法

教师说：

有的学生记忆单词"走旁门左道"，让我哭笑不得。

有一次,给小学一年级上课,我给他们讲解fatal(致命的)
这个单词的时候，问："谁有记这个单词的好方法？"

"fat 是胖嘛,后面加个 al, 就是长肥肉对于女人来说是
致命的。"

全班同学哄堂大笑。

还有一次，一个男生来我这里背诵课文，我翻了翻他
的书，里面做了不少笔记，再仔细看，天哪，全都是"中
英对照"——pig 对应写着"皮革"，good morning 对应写
着"狗的摸您"。真让我暗自好笑。

对于中小学生来讲，词汇本身的记忆是枯燥的。

后来，我在教授单词的时候会进行一些调节，在单词的讲解和引申中加入一些灵活的因素，营造活跃的课堂气氛。

当然，每一个学生可能琢磨出自己记忆单词的方法，但是那些"旁门左道"，仅用来消除对背单词产生的抵触感，切不可本末倒置。

妈妈教子心得：

儿子每天要背诵英语单词。我通过引导儿子背诵单词，发现了事半功倍的好办法。

早上记单词效果好。

每天早上，儿子先运动一会儿。或跑步、或打羽毛球、或跳绳等等。运动十分钟左右，等到他大脑细胞活跃了，人也兴奋了，就开始记英语单词和课文。

清晨刚起床的时候，人的大脑细胞还没有兴奋，而是处于半休眠状态。这个时候如果去记东西，坐在那里昏昏欲睡，效果肯定是不好的。

运动一会儿，孩子高高兴兴的，人很兴奋。动静交替，

效率就会很高。

记单词从重点开始。

要记的单词课文里有很多，刚开始几分钟，是注意力最容易集中的。这个时候，就记重点要掌握的新内容。

把能记住的单词打"√"，不会的打"？"。当然要用铅笔打。因为等到"？"的会了以后，就改成"√"。

打"√"的每天读一次就可以了，而打"？"的读三次。

整个学习持续十到十五分钟。孩子刚刚六岁，高度注意的时间不能太久。这个时间长度，才符合这个年龄注意力发展的心理特点。

强化孩子记忆单词的成就感。

每天孩子读的时候，我会和他一起数一数，学会了几个新单词？

儿子高兴地说："妈妈，我今天学会了 3 个新单词。"

"妈妈，我今天记住了 10 个新单词。我怎么样？"

哪怕只记住了一个新单词，我也会说："你今天很棒，记住了一个新单词。"

如果儿子记得多，我就非常快乐而惊讶地说："哇！你今天记住了 10 个新单词。"

儿子很开心，获得了成就感。他说："妈妈，再给我写新单词哦。看看明天早上，我能记住几个新单词。"

孩子有这么浓厚的兴趣，这么大的成就感，这么高度集中的注意力，记英语单词就不用另外费心了。

这个方法也可以用于其他需要记忆的科目，学习，一通百通。

爸爸教子心得：

我尝试引导刚入小学的儿子学习单词，一会儿工夫，他就学会了听写好几个单元的单词。效果非常好。我是这样做的：

比如 thank，我就教他：th 读法，再教 an 的读法，最后连上 k。分解读以后再连读，儿子就可以听写了。在这个单词中，重点提示儿子 th 的读法。

同样学习了 mouth、three。因为这几个单词都是 th 的发音相同。以此类推，我出了儿子没有学过的单词 thin，儿子一看就能自己读出来了。

比如 nine、apple、orange、five，这些单词就重点提示

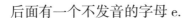

后面有一个不发音的字母 e.

比如单词：four、your，就重点提示 our 的发音。

比如 how、now、brown，就重点提示 ow 的发音。

也有特殊的，比如：one、eye，就是特殊的发音。

用了这种分解朗读和重点提示的方法，任何一个单词，儿子一听就能慢慢自己拼写出来。只需要一遍。

这真是一个奇迹。是儿子的天分和适宜的方法使然吧，使得学习英语单词这件事情变得这样轻松神奇。

后来，他妈妈回来了，我让儿子一一听写，今晚第一次学习的几十个单词，他全部写对。

单词是学习英语的基础，就像中国的一个一个的汉字。有了丰富的词汇量，就为后面的学习扫平了障碍。

实例 2：
"看美剧学英语"的绝技

为了激发中小学生学习英语的兴趣，通常老师会要求学生看一些原版英语动画片、影视剧。

这是练习英语听说的最好途径，影视剧通过声音与图像共同组成了完整的信息，将视觉刺激和听觉刺激有效地结合在一起，做到寓学于乐。

教师说：

不是所有的"美剧"都适合学英语。

如果喜欢看《24 小时》这样的动作片，那你基本会讲一口流利的"呼"、"轰"、"啊"之类的开枪爆炸声英语。

如果你喜欢看《豪斯医生》这种专业性很强的片子，那你基本会讲一些连自己都不明白的英语单词。

如果看的是《越狱》，基本不用举手，别人就知道你是黑手党了。

适合用来学英语的"美剧"要有一定对话量，生活化的，平民化的片子。

妈妈教子心得：

儿子很喜欢看《速度与激情》，因为刚开始学英语，有很多地方听不懂，因此很想看有字幕的版本，我拒绝了他的要求："看着中文字幕没有学习英语的效果。"

我们是通过听懂——理解——记忆——重复，这样的过程学到英语。

看一遍根本不能叫学英语，充其量只能叫娱乐。

如果是抱着学习的目的，必须反复看，理解句子词语的意思，为我所用才行。如果看一遍，基本你就被情节彻底打败了，或哭或笑，反复思考自己该拥有的哪种超能力，担心下集可以下载前的日子该怎么过，哪还有心思管学英语这码事，哪怕讲的是柬埔寨语都无所谓。

所以通过看几遍，基本到了对剧情已经免疫的程度，那差不多可以洗干净耳朵仔细听了。

爸爸教子心得：

我是这样引导儿子学习英语动画片的：

先下载他喜欢的英语动画片，看一遍带中文字幕的。了解了大致的剧情，满足了他的好奇心。

接着看第二、三遍，带双语字幕的，遇到不认识的生词，就停下来查一查，然后记录。经过一段时间的积累，已经记了满满一本的生词和句型。

再看第四遍和第五遍，完全脱离拐杖，不带中英字幕。这时候再看能够深入理解每个人物说的对白，对语言本身的理解也更深入了一步。

与此同时，进行一下跟读。比如，听到一个人物的口语很好听，发音标准优雅，就刻意地进行一下模仿，体会一下她的语音、语调、重音、节奏。

实例 3：
出国自助游使用英语并不难

教师说：

中小学生的词汇量已经足够日常交流使用了，但是很多学生和家长还是不敢出国自助游，这是因为很担心自己的口语不太标准，被人笑话。因此，学好口语很关键。

口语学习的关键是要模仿人家的说话，语音、语调要"有范"。学生可以这样做：

买个播放器，根据学生的水平，买一本故事书，故事篇幅不长，生词量不大，过于简单没有关系。

进行跟读训练。放音频，看着书，搞明白每一个单词的意思，理解整个故事情节。放一句，暂停，学着人家读一句，然后，放下一句，暂停，再学一句。

跟读过程中要注意，一定要尽力模仿发音和语调。

开始时速度可以比较慢，要逐步跟上人家的速度。中间可以回倒重放，完成一小段后再回去重来。

这样，一两个月之后，当学生"精读"过五到十篇约一千字篇幅的文章之后，英语发音和听力有明显的进步。

妈妈教子心得：

今天有一个同学的家长跟我说，想邀请儿子加入一个四人小组的英语活动。因为她的女儿英语书写能力比较强，想找几个同学一起比赛写单词。

这个家长邀请儿子参加这个小组是想让他们通过竞赛，找到差距，激发孩子主动学习的积极性。

我不赞成运用这种"听写单词找差距"的比赛形式。

如果孩子在学前阶段已经有基础，提前教育过的，那么在一二年级阶段，孩子会显得比较强项。而经过两年以后，这个优势如果没有继续发挥，将会和没有基础的孩子持平。

孩子刚开始学了一点点英语，就进行听写单词比赛。如果听写得好，当然是好事。但是，如果写不出来，会让孩子自尊和信心受挫。

因此，这种比赛的弊大于利，还是不要进行的好。

爸爸教子心得：

为了让儿子有更好的英语环境，我请了一个加拿大教师每周六来家里，举行全英文家庭沙龙。

这位外教叫 Sam，他每次来 2 小时，一共 6 个学生。Sam 会设计一些情境游戏，和大家一边玩一边说。同学们兴趣很浓厚。

玩了一个小时之后，有一个吃点心的时间，大家自由交流。

在沙龙中，营造一种轻松愉快的氛围，不是为了让孩子和自己的同伴竞争高下，主要是培养孩子的口语，大胆和外国人交流，让孩子和同伴互相学习。

有了一定的词汇基础，举行一些这样的英语沙龙倒是挺好。

因为孩子经常和外国人交流，出国自助游的时候没有陌生感，交流起来很自如。

实例 4：
一年轻松学完六年的英语不是奇迹

教师说：

英语虽然不是我们中国学生的母语，但是，如果方法得当，家长、教师、孩子三方合力，也能够让孩子们很快把英语学好。

妈妈教子心得：

经过一段时间的适应，儿子已经养成了固定的学习习惯，我看到他的语文和数学没有难度，英语进度很慢，我决定自己给他教英语。

用了一年的时间，儿子轻松学完了六年的英语（深圳市朗文英语学生用书）。我是这样做的：

一是做好准备。我把每一册书的单词、短语、课文（C 部分）写在一个只有孩子手巴掌大的小册子上，以便复习。

二是每周六学习新授单元。用已有的方法学习本单元的单词和短语。接着用点读机听 A 到 C 部分的讲解，然后朗读。约需要半小时。

三是初步巩固。周六的上午和下午，周日的上午和下午，把新授单元的单词短语和课文读六遍（怕孩子读得不标准，就跟点读机读。）

四是每天早上读十分钟。把本册（比如正在学第八册，就读本册的小册子）的小册子读一遍（约五分钟）。然后周一早上读一册，周二早上读二册。以此类推。因为这样可以保证孩子不会忘记（这也需要五分钟）。

也就是说，每天利用十分钟，孩子就学完了六年的英语书籍。

爸爸教子心得：

孩子的英语学习，是立体的，多维度的，需要我们做家长的尽可能提供条件。

寒暑假，可以学多一点。

每天吃早餐的二十分钟，就边听边吃，边看课外书，边听英语 CD 的歌曲童谣（呵呵，有没有听进去，没有关系，只要感受语感）。

我和他妈妈经常陪孩子看英语影片，为了增强孩子的语感。

我们利用假期带他去了很多个国家，让他有"实战"的机会。

我们鼓励他和外国朋友交流，邮件或者电话。

也邀请外国留学生到家里来，我们教他说中文，他教我们说英语。

第六辑
自己动手玩，科学实验乐趣多

引　言

　　孩子天性好奇：植物是怎样生长的？动物是怎样生活的？电话为什么能传声？他们总是有无数个为什么。

　　《会跳舞的茶叶》、《自制甩干机》、《会变色的陀螺》……这些名字引起孩子热烈的探索欲望。

　　这些科学小实验，有心的老师和爸爸妈妈都可以和孩子一起在教室或者在家去动手来做。

　　大家担心的困难来了：

　　科学实验的材料如何获取？

　　怎样才能有效的在教室里或者家庭中开展科学实验？

　　其实，很多科学小实验所用的材料大多都是家庭必备的物品，这些好玩的实验在家或者在班级都是孩子自己可以动手做的。

　　我们一起试试看吧。

专家有话说：

日常科学实验五原则

提起日常科学实验，教师和家长都感觉是一件难做的事情。

一是认为科学道理深奥，给学生讲起来难度大，尤其是一些深奥的原理，对低龄学生讲简直是对牛弹琴、拔苗助长。

二是认为科学实验的材料很多是专业材料，很难找到，非买不可，因此感觉在日常生活中实际操作有难度。

三是有的教师和家长对自己没有信心，把"科学"二字想象得特别难，怕自己难以掌握对科学原理的解释，怕"教错"孩子，所以不敢"教"。

其实，把握了以下五个原则，让学生"玩"科学实验就是一件很轻松有趣的事情了。

原则一：材料易得。

科学实验的材料要巧妙利用日常生活中随处可见的环

保物品作为素材，尽量不要高价购买专业材料。

原则二：深入浅出。

就是要让深奥的科学道理，通过实际操作的方式让学生反复观察、探究、实践、理解。

原则三：自己动手。

所有的实验都让学生自己动手制作，增加学生的兴趣，千万不能让学生成为看客。只有自己动手，学生才能领略到乐趣，并感知、记忆深刻。

原则四：游戏性强。

热爱游戏是人的天性。因此，让所有的实验都在游戏活动中实现，是教师和家长应该引导的方向。

原则五：协助鼓励。

有的小实验看似简单，做起来却需要非常细致。有的实验用具使用也有难度，如：刀、剪、锥、打火机等危险物品。那么教师和家长就要协助和鼓励学生利用这些材料进行科学实验。

通过各种各样的科学实验游戏活动，能够把复杂的东西变简单，让深奥的原理在玩乐中熟悉和理解。利用我们身边随处可见的材料，利用这些具有很强的可操作性的活动，让学生自己动手，启迪智慧，引起学生探索的兴趣，是青少年认识自然和认识世界的起步。

实例1：

科学实验材料就在身边

教师说：

声波，看不见也摸不着，但是它无处不在，如何利用身边的常见材料做感知声波的实验呢？

为了让学生"亲眼看到声波"，我和学生玩了一个"会跳舞的茶叶"的科学游戏。

实验材料：茶叶、橡皮筋、塑料薄膜、铁盆、铁勺。

玩法：把塑料薄膜固定在铁盆上，用皮筋固定，茶叶末撒上去，用铁勺敲打小铁盆，茶叶末就跳起舞来。敲得越快，茶叶末跳得越快。

原理：敲打铁盆的声波引起塑料薄膜的震动，使茶叶末随之震动。

妈妈教子实例：

秤，在儿子的生活中不多见。有一天他对"半斤八两"这个成语很感兴趣，我就给他讲了"秤"的相关知识。但是他听不懂。于是我决定用家里现有的玩具和他一起做一杆秤。

做秤所需要的材料我们都用玩具来代替：横笛、带绳的玩具、铃鼓。

做法：

把铃鼓穿上绳做秤盘子，绑在横笛一头。

把绳靠近铃鼓那头，系紧。

用带绳的玩具做秤砣。

原理：运用杠杆原理，移动秤砣，不一样重的物品也可以保持平衡。

儿子做好"秤"以后，反复玩"称重量"的游戏。和爸爸妈妈一起，给各种物品、玩具称重量。儿子在日常化的游戏中不知不觉地感知到杠杆的科学原理。

爸爸教子实例：

　　儿子总是爱捣鼓各种小实验，他用简单的几样材料——纸、剪刀、透明胶做了一个长长的听筒，我觉得还蛮不错。

　　我看他用一张纸做长筒，另一张做两个圆锥体，用透明胶固定在两头，听筒就做成了。

　　他一直乐此不疲用听筒和我讲话，并且问我："为什么用听筒听你的声音好大啊？"

　　我顺便告诉他原理："因为声波扩散，使得你听到的声音特别大。"

　　剪刀、彩色纸、镜子、玻璃杯、茶叶、橡皮筋等等材料在生活中随处可得，因此，家长平时多用心积累，引导孩子巧妙利用这些材料进行科学实验就不是难事了。

科学游戏"会跳舞的茶叶"实验材料

做秤所需要的材料：横笛、带绳的玩具、铃鼓

科学实验：声波扩散

实例2：

玩，让深奥的原理简单化

教师说：

大气压、折射、视觉暂留……这些科学现象是中小学生耳熟能详的，如何在玩乐中感知和掌握深奥的科学原理，关键在于教师和家长如何进行引导了。

为了能让学生理解"视觉暂留"，我利用课间和同学们一起制作了"变色的陀螺"。

材料都是同学们都有的：白色纸板、彩色笔、吸管（课间餐喝奶之后的细吸管）、圆规。

制作方法很简单，同学们都可以自己动手：把硬纸板剪圆，涂上各种颜色，用圆规钻个空，插入吸管。

很快就做好了，同学们进行旋转竞赛，看到陀螺由彩色"变成"灰色，个个惊叫："哇！老师，真的变颜色啦！"

我趁机告诉他们科学原理："不同的色块快速进入人眼睛，大脑反映没有那样快，而视觉暂留在脑海中，最终大脑的感觉只是灰色。"

这个陀螺的实验也可以将成品作为家长、学生课后经常玩的游戏。这个游戏不用专门的场地材料，就可以玩起来。也可以让同学们比赛，看谁的陀螺转得时间长。

据我观察，在好长一段时间里，同学们都很喜欢玩"变色的陀螺"这个竞赛游戏。

我相信，因为科学实验游戏化、深奥原理简单化，同学们对于视觉暂留现象也会记忆深刻。

妈妈教子实例：

我带儿子去少年宫玩的时候，他接触到折射的大型玩具，觉得很新奇，于是，我把实验"搬"回家，和儿子一起玩"一个变多个"的科学游戏。

材料家里是现成的：两面镜子、透明胶、小物件（常见的小瓶子或者小玩具都可以）。

两面摆成适当的角度，然后儿子多角度观察，小物件反射成很多很多个了。

儿子一边玩一边好奇地问："为什么能看到好多小瓶

子？"

这个时候，我告诉儿子是因为光线的反射。

儿子表示理解，点点头。

在日常生活当中，如果给孩子讲深奥的原理，很枯燥。通过和我一起动手"玩"，切实体验到——因为光线会发生反射，就会让一个小瓶子看上去有好多个。从而让儿子很容易理解其中的科学原理。

爸爸教子实例：

大气压，是看不见、摸不着的。我用极为简单的材料，设计了一个"会吸住纸的杯"的科学游戏，让儿子感知大气压的存在。

材料只需要玻璃杯、硬纸板、水。

首先将杯子装满水，硬纸板覆盖，用手压住迅速翻过来。

神奇的事情发生了：杯子倒过来了，但是纸没有掉下来。

儿子大呼惊奇。

我这才告诉他："是大气压托住了硬纸板。"

深奥的科学原理在玩乐中变得简单了。

"变色的陀螺"

"一个变多个"科学游戏

"会吸住纸的杯子"

实例 3：
百玩不腻的经典小实验

教师说：

有很多从爷爷辈就在玩的经典科学实验也是学生们的最爱。这些小实验不仅材料易得，而且场地要求不高，很容易操作。

我们小时候很喜欢故作神奇地玩"写密信"的游戏，用这个游戏哄不懂得化学知识的小弟弟妹妹。还真的被他们崇拜呢。

"写密信"需要的材料很简单——一根葱、一支毛笔、一个小碗、一张白纸。

先悄悄的将葱白放到小碗里，用汤匙挤榨出葱汁。用毛笔蘸上葱汁，在干燥的白纸上写几个字。等字迹干透后，白纸上的字不见了。

拿着这张白纸放在火上烘烤一下，哈哈，字就显现出来了。绝对哄得小孩子们一片欢呼。

不过，把葱汁换成柠檬汁，就不能写出密信啦！

因为葱汁可以与纸发生化学反应，生成一种类似透明薄膜的物质。这种物质的燃点比纸低，烤一下就会变成棕色。

这个科学小实验仅仅需要妈妈厨房的一根葱，多简单呀。但是趣味性很强，能引发孩子们的好奇心和探索欲望，不愧是被爷爷辈传承下来的经典。

妈妈教子实例：

我把自己小时候玩过的科学小实验和儿子玩，仿佛我也回到了童年，虽然幼稚，却很快乐。

有一个"燃烧"的小实验，我几乎陪儿子玩了四五年，把材料放在专门的塑料筐里面，只要儿子喜欢了，就端出来，一次次玩耍。

要准备的只有蜡烛、打火机、杯子。

点燃蜡烛以后，让儿子用杯子盖紧，渐渐地，杯子里的氧气用尽了，火焰慢慢熄灭。燃烧需要氧气，玻璃杯阻隔了空气中的氧气，从而使蜡烛不能燃烧。

爸爸教子实例：

儿子每天都要吃鸡蛋，有一天，我灵机一动，用鸡蛋和他玩起了我小时候玩过的科学实验。

这个实验只需要：醋、鸡蛋。

把鸡蛋放到醋里，过一两个小时后再把原来的醋倒掉，换上新醋，如此反复几次。

我让儿子摸一摸、看一看：鸡蛋有什么变化。

哇！奇怪的事情发生了："老爸！鸡蛋居然变软了！"

"是的，因为鸡蛋的壳变得很薄了。"

"这是为什么呀？"儿子简直觉得太不可思议了。

"哈哈，老爸解密吧：鸡蛋壳主要由钙组成。钙与醋发生化学反应，钙溶解在醋里，鸡蛋壳会变得很薄。"

其实，科学实验就在我们身边。传承下来的，不见得是过时，很多都是经典。

"燃烧"小实验

实例4：
家长的适时支持不能少

教师说：

很多科学实验是有一定危险性的，但是不能因此而放弃学生们探索的机会。只要教师和家长做个有心人给予孩子们适时的指导和帮助，就能解决实验中的难点部分。

有一个老师在科学活动中，让学生玩"金蛇狂舞"的科学游戏。就是把细细的纸条做成"蛇"的样子，用细线系好，悬在铅笔中间。点燃酒精灯，将"蛇"放在蜡烛上方。这时候，"金蛇"在蜡烛上方"狂舞"起来。

但是因为老师没有提醒学生酒精灯的使用注意事项，导致学生操作不当，把酒精灯打翻了，引起酒精在桌面上燃烧。

幸好实验室的桌面有防火功能，没有引起更大的事故。

科学实验中，一定要对学生进行相应的安全教育。

妈妈教子实例：

我一直很重视引导和陪伴儿子做科学实验，还特意买了很多塑料筐，专门存放日常收集到的材料，在做科学实验的时候就能派上用场了。

儿子年龄较小的时候，还不会独立使用相应的实验用具，我就特别细致地给他一些必要的帮助。

比如在做"抽水马桶"这个的时候，需要用锥子在瓶中戳个洞。

第一次做这个实验的时候，儿子大约 3 岁，如果自己使用锥子戳矿泉水瓶子是比较危险的，因此，这个环节我会帮助他。

我们平时看到的是"水往低处流"，而在这个实验中，因为"虹吸现象"，导致"水往高处流"。

这个实验对于孩子，是很好的一个科学原理的认知。

根据"虹吸现象"的原理制作了抽水马桶，大家天天用，却没有办法细细观察。

用这个小实验就可以让孩子目睹"水往高处流"的科学原理了。用的材料中有锥子，孩子自己独立用锥子对矿泉水瓶子戳洞也显然有难度，那么就需要家长对幼儿的实验进行引导的协助，才能达到效果。

爸爸教子实例：

为了培养儿子对科学实验的浓厚兴趣，在儿子克服困难实验取得成功的时候，我会及时给予热烈的鼓励。

比如实验"水中取钱币"，需要的材料有：硬币、盘子、纸、打火机、水、玻璃杯。这个游戏的玩法：水倒入盘中，硬币放入盘中，点燃纸，放杯中，燃烧的时候杯子罩在硬币旁，水吸进了杯子，露出硬币。

这个实验的原理是：燃烧的时候空气受热，冷却后空气变冷，压力下降，水被大气压压进去。

在这个实验中，我要求儿子在杯中的纸燃烧到一半的时候，要快速把杯子反过来盖在玻璃盘中，杯子中的空气冷却了，水被吸进杯子里，硬币就可以显露出来。

因为杯子里有火，又要动作很快，儿子刚开始很害怕去拿正在燃烧的杯子，也不会快速盖过去。

我一次次耐心地进行示范，并且鼓励儿子自己勇敢地操作。

儿子观察了很久，当儿子实验成功的时候，我和他妈妈对他大力进行了表扬，不仅提高了儿子对科学实验的兴趣，也给了他克服困难的勇气和信心。

科学小实验"抽水马桶"

科学小实验"水中取钱币"